TEXT
Robert Louis Stevenson

ILLUSTRATION
Sébastien Mourrain

ÜBERSETZUNG
Aus dem Englischen übersetzt, adaptiert und gekürzt von Nils Aulike

SATZ
Christiane Dunkel-Koberg

DOKTOR JEKYLL & MISTER HYDE
1. Auflage 2017
ISBN 9783959390415
BOHEM PRESS, Bernhard-Ernst-Straße 12, 48145 Münster, Deutschland

ORIGINALTITEL
Docteur Jekyll & Mister Hyde © 2015 — Editions Milan — France

DRUCK
Druckerei Kettler, Bönen, Deutschland

Der seltsame Fall des

DOKTOR JEKYLL
&
MISTER HYDE

Eine Geschichte von Robert Louis Stevenson
Aus dem Englischen von Nils Aulike
Mit Bildern von Sébastien Mourrain

DIE GESCHICHTE DER TÜR   7

DIE SUCHE NACH MISTER HYDE   11

DOKTOR JEKYLL GIBT SICH ENTSPANNT   17

DER MORDFALL CAREW   18

DAS BRIEFEREIGNIS   22

BEMERKENSWERTES EREIGNIS BEI DOKTOR LANYON   26

EREIGNIS AM FENSTER   31

DIE LETZTE NACHT   32

DOKTOR LANYONS BERICHT   40

HENRY JEKYLLS UMFASSENDE SCHILDERUNG DES FALLS   45

DIE GESCHICHTE DER TÜR

Rechtsanwalt Utterson hatte die Angewohnheit, an Sonntagen mit Mister Enfield, seinem Freund und Verwandten, spazieren zu gehen. Einer ihrer gemeinsamen Bummel führte sie eines Tages durch eine verwaiste Nebenstraße eines ansonsten geschäftigen Viertels Londons, als Mister Enfield mit seinem Spazierstock auf die Tür eines düsteren und fensterlosen Gemäuers deutete, welches seinen Giebel und seine verwahrloste Front in die Straße hineinschob.

„Habt Ihr jemals diesen Eingang bemerkt?", fragte er und fuhr, als sein Begleiter ihm dies bestätigte, fort: „Mit dieser Tür verbinde ich eine höchst seltsame Geschichte."

„Tatsächlich?", erwiderte Mister Utterson.

„Nun, es war so", entgegnete Mister Enfield. „Es war gegen drei Uhr an einem schwarzen Wintermorgen und mein Weg führte mich durch eben diesen Teil der Stadt. Plötzlich bemerkte ich im schwachen Lichte der Gaslaternen zwei Gestalten: die eine ein kleiner Mann, der schnellen Schrittes in östlicher Richtung stapfte, und ein vielleicht acht- oder zehnjähriges Mädchen, das, so schnell es konnte, aus einer Seitenstraße gelaufen kam. Nun, Sir, wie hätte es anders sein können, die beiden rannten an der Straßenecke ineinander. Und nun kommt der schauderhafte Teil dieser Begebenheit, denn der Mann trampelte seelenruhig über den am Boden liegenden Körper des Mädchens hinweg und ließ es schreiend zurück. Es hatte etwas Diabolisches an sich. Ich lief ihm hinterher, bekam den Gentleman am Kragen zu fassen und zerrte ihn zurück. Er war gänzlich ungerührt und leistete keinen Widerstand, warf mir jedoch einen Blick von einer Hässlichkeit zu, der mir den Schweiß auf die Haut trieb. Die Menschen, die sich unterdessen um das schreiende Kind versammelt hatten, erwiesen sich als die Angehörigen des Mädchens. Nun, das Kind war nicht wirklich verletzt, vielmehr war ihm der Schreck gehörig in die Glieder gefahren. Hier, so könnte man annehmen, würde es nun enden, wäre da nicht noch ein seltsamer Umstand gewesen. Wir wiesen ihn darauf hin, dass wir durchaus willens seien, aus dieser Affäre einen Skandal zu machen. ‚Ein Gentleman wird jedwedes Aufsehen vermeiden wollen', sprach er. ‚Nennt Euren Preis.' Nun, wir nagelten ihn auf einhundert Pfund für die Familie des Kindes fest. Jetzt hieß es, an das Geld zu kommen – und wohin, denkt Ihr, führte er uns, wenn nicht zu dem Gemäuer mit der Tür? – Er riss einen Schlüssel heraus, ging hinein und kehrte augenblicklich zurück mit zehn Pfund in Gold und einem Scheck, dessen Unterzeichner ich nicht erwähnen mag; liest und hört man von diesem Herrn doch recht häufig. Am nächsten Tag reichte ich den Scheck persönlich auf der Bank ein, in der Annahme, es handle sich um eine Fälschung. Doch nichts dergleichen. Der Scheck war gedeckt."

„Tatsächlich?", fragte Mister Utterson. „Aber Ihr wisst nicht, ob der Unterzeichner des Schecks in diesem Hause lebt?"

„Es hat den Anschein, nicht wahr?", erwiderte Mister Enfield. „Jedoch habe ich mir seine Adresse merken können; er wohnt an einem der nahen Squares."

„Und Ihr habt nie irgendwelche Erkundigungen eingezogen über – das Gemäuer mit der Tür?", fragte Mister Utterson.

„Nein, Sir: Es widerstrebte mir ein wenig", war die Antwort. „Ich stöbere ungern in anderer Leute Angelegenheiten; es erinnert mich zu sehr an das Jüngste Gericht. Mit nur einer Frage bringt man eine Lawine ins Rollen. Nein, Sir, je seltsamer eine Geschichte erscheint, desto geringer meine Neugierde."

„Ein ausgezeichneter Grundsatz", bemerkte Mister Utterson, „dennoch hätte ich diesbezüglich eine Frage: Erfahre ich den Namen des Mannes, der das Kind über den Haufen rannte?"

„Nun", sagte Mister Enfield, „ich wüsste keinen Grund, der dagegen spräche. Sein Name ist Hyde."

„Hm", machte der Anwalt. „Würdet Ihr ihn mir beschreiben?"

„Es ist etwas an seiner Erscheinung, sie hat etwas Widerliches, geradehin Abstoßendes. Dabei könnte ich nicht einmal sagen, warum. Er muss verwachsen sein, so mein Eindruck, ich könnte nur nicht sagen, wo. Ein Mann von außergewöhnlichster Statur."

Sie gingen eine Zeit lang stillschweigend nebeneinander her, Mister Utterson ganz offensichtlich in tiefes Nachdenken versunken.

„Seid Ihr sicher, dass er einen Schlüssel benutzte?", erkundigte er sich endlich.

„Der Geselle hatte einen Schlüssel; mehr noch, er hat ihn bis heute. Ich sah ihn ihn benutzen, vor nicht einmal einer Woche."

DIE SUCHE NACH MISTER HYDE

Am gleichen Abend kehrte Mister Utterson in düsterer Stimmung in seine Junggesellen-wohnung zurück, setzte sich zu Tisch, verspürte jedoch keinen Appetit. Er entzündete eine Kerze und begab sich in seine Arbeitsstube. Hier öffnete er den Tresor, entnahm seinem Innersten ein Dokument, dessen Umschlag die Aufschrift DOKTOR JEKYLLS TESTAMENT trug, und widmete sich seinem Inhalt mit in tiefe Falten geworfener Stirn. Das Testament verfügte, dass nicht nur im Falle des Ablebens von Henry Jekyll dessen gesamter Besitz seinem ‚Freunde und Wohltäter Edward Hyde' zu vermachen sei, sondern auch bereits dann solle besagter Edward Hyde unverzüglich und frei von jedweder Auflage und Verpflichtung Doktor Jekylls gesamten Besitz erhalten, sollte ein ‚Verschwinden oder eine unerklärliche Abwesenheit' Doktor Jekylls länger als drei Monate währen. Dieses Testament war dem Rechtsanwalt schon lange ein Dorn im Auge. Bislang war es die Unkenntnis all dessen, was Mister Hyde betraf, gewesen, welche Mister Uttersons Empörung hervorgerufen hatte; nun, durch eine überraschende Wendung, war es seine Kenntnis. Es war schlimm genug, nur diesen Namen zu haben, einen bloßen Namen, über den sonst weiter nichts in Erfahrung zu bringen war. Übel wurde es, wenn diesem Namen nun Verabscheuungswürdiges an-zuhaften begann; aus wabernden und geisterhaften Nebeln trat nun die unerwartet lebendige Gestalt eines Unholdes hervor. „Zunächst glaubte ich, dieses Testament sei ein Wahnsinn", sagte er, als er das unliebsame Schriftstück in den Tresor zurücklegte, „nun befürchte ich jedoch, dass es eine Schande ist."

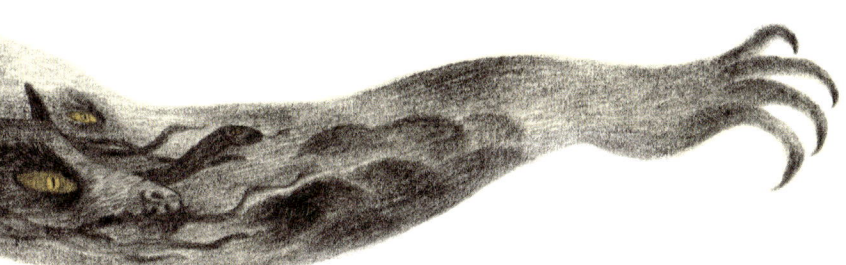

Mit diesen Worten löschte Utterson die Kerze, warf seinen Mantel über und begab sich zum Cavendish Square, jener Hochburg der Heilkunst, wo sein Freund, der gerühmte Doktor Lanyon, sein Haus hatte und seine stetig wachsende Patienten-schaft empfing.

Doktor Lanyon saß allein bei einem Glas Wein, sprang jedoch sogleich auf, als Mister Utterson, vom Diener eingelassen, in das Zimmer trat, und hielt seinem alten Freunde aus Schul- und Universitätstagen beide Hände entgegen.

„Mein lieber Lanyon", begann Mister Utterson, „wir beide dürften die ältesten Freunde Henry Jekylls sein, nehme ich an?"

„Ich wünschte, diese Freunde wären ein wenig jünger", bemerkte Doktor Lanyon lachend. „Ja, ich fürchte, wir sind es. Aber was bringt Euch darauf? Ich habe ihn seit geraumer Zeit nicht mehr zu Gesicht bekommen."

„Ist das so?", sagte Utterson. „Ich nahm an, ihn und Euch verbinde ein gemeinsames Interesse?"

„Ganz recht", war die Antwort. „Allerdings liegt dies mehr als zehn Jahre zurück, Henry Jekylls Treiben wurde mir zu wirklichkeitsfremd. Seine Gedanken nahmen eine falsche Abzweigung, er wurde abstrus; und so sehr ich weiterhin um der alten Zeiten willen, wie man sagt, an seinem Schicksal interessiert bin, so verteufelt selten bin ich ihm in letzter Zeit begegnet."

„Seid Ihr jemals seinem Protegé begegnet – einem gewissen Hyde?", fragte Mister Utterson.

„Hyde?", wiederholte Doktor Lanyon. „Nein. Habe nie von ihm gehört."

Diese spärlichen Informationen begleiteten Mister Utterson zurück in sein Heim und sein großes dunkles Bett, in welchem er sich, von düsteren Vorahnungen belagert, bis in die frühen Morgenstunden unruhig hin und her warf.

Fortan verging kein Tag, an dem Mister Utterson nicht die Tür in der kleinen Geschäftsstraße beobachtete, wann immer es seine Zeit erlaubte. Und endlich wurde seine Ausdauer belohnt. Es war in einer schönen frostigen Winternacht gegen zehn Uhr, die Straße lag verwaist und still, umhüllt vom fernen Grummeln der Großstadt. Mister Utterson hatte gerade erst seinen Posten eingenommen, als er auf den Klang seltsamer Schritte, die sich ihm näherten, aufmerksam wurde. Aus dem Verborgenen seines Verstecks im Hofeingang erkannte der Rechtsanwalt sehr bald, zu wem sie gehörten. Der Mann war klein und unauffällig gekleidet, doch sein Anblick, selbst aus einiger Entfernung, rief in dem Beobachter ein starkes Gefühl der Abneigung hervor. Der Mann schritt auf direktem Wege auf die Tür zu, vor der er einen Schlüssel aus der Tasche zog.

Mister Utterson trat aus dem Dunkeln hervor und legte ihm eine Hand auf die Schulter. „Mister Hyde, nehme ich an?"

Mit einem schlangengleichen Zischen wich dieser einen Schritt zurück. Sein Schreck währte jedoch nur einen kurzen Moment; und ohne dem Rechtsanwalt ins Gesicht zu schauen, sagte er nahezu ungerührt: „Das ist mein Name. Womit kann ich dienen?"

„Ich sehe, Ihr geht in dieses Haus", erwiderte der Rechtsanwalt. „Ich bin ein alter Freund Doktor Jekylls. Mein Name ist Utterson."

„Ihr werdet ihn nicht antreffen; Doktor Jekyll ist verreist", gab der andere zurück und machte Anstalten, die Tür zu öffnen.

„Mister Hyde", begann Mister Utterson, „wollt Ihr mir einen Gefallen tun?"

„Allzu gerne", war die Antwort.

„Ich wünsche Ihr Gesicht zu sehen."

Mister Hyde schien zu zögern, wandte sich dann jedoch abrupt und beinahe verächtlich und herausfordernd um; die Blicke der beiden Männer verharrten für Sekunden ineinander. „Nun werde ich Euch jederzeit wiedererkennen", sagte Mister Utterson.

„Gewiss", entgegnete Mister Hyde, „und da wir uns nun einmal begegnet sind, will ich Euch auch gleich meine Adresse wissen lassen." Er nannte eine Straße in Soho.

„Gütiger Gott!", schoss es Mister Utterson durch den Kopf. „Ob er wohl von dem Testament Kenntnis hat?"

Im selben Moment hatte der andere mit außergewöhnlicher Behändigkeit die Tür geöffnet und war mit einem höhnischen Gelächter im Haus verschwunden.

Der Rechtsanwalt verharrte noch geraume Zeit vor der Tür, ein Abbild innerer Unruhe. Mister Hyde war blass und zwergenhaft, er wirkte, ohne ein einziges sichtbares Anzeichen dafür, verwachsen, sein Lächeln missfiel, der Klang seiner flüsternden und brüchigen Stimme war heiser; all diese Attribute mochten einen Menschen gegen ihn vereinnahmen, sie vermochten jedoch nicht die plötzliche Abscheu, Verachtung und Furcht zu erklären, die Mister Utterson in Mister Hydes Gegenwart befallen hatten. „Da steckt mehr dahinter", entfuhr es dem verwirrten Gentleman. „Wenn ich nur sagen könnte, was es ist. Gott sei mir gnädig, dieser Mann hat nichts Menschliches an sich!"

Unweit jener Seitenstraße befand sich ein von hübschen alten Häusern umrahmter Square. An den meisten der Häuser hatten der Zahn der Zeit und Verfall kräftig genagt. Ein Haus aber, das zweite, zählte man von der Ecke, war noch bewohnt, und zu seiner Wohlstand und Behaglichkeit verheißenden Tür, welche nun im schwachen Lichte einer Laterne lag, begab sich Mister Utterson und klopfte. Ein gut gekleideter ältlicher Diener öffnete.

„Ist Doktor Jekyll zu Hause, Poole?", fragte der Anwalt.

„Ich werde sogleich nachschauen, Mister Utterson", sagte Poole, während er den Besucher in die gedrungen wirkende, aber wohnliche und geräumige Empfangshalle einließ.

Mister Utterson schämte sich fast seiner Erleichterung, als Poole kurz darauf mit der Nachricht zurückkehrte, dass Mister Jekyll nicht zu Hause sei.

„Ich sah Mister Hyde durch die Tür zum alten Seziersaal eintreten, Poole", sagte er. „Hat das seine Richtigkeit, wenn Doktor Jekyll außerhäusig ist?"

„Aber gewiss, Mister Utterson, Sir", erwiderte Poole, der Diener. „Mister Hyde verfügt über einen Schlüssel. Wir sehen wenig von ihm in diesem Ende des Anwesens; er nutzt stets den Laboratoriumseingang; und er erscheint nie, wenn Besuch im Hause ist."

„Nun, Poole, gute Nacht."

„Gute Nacht, Sir."

Mit schwerem Herzen und den seltsamen Verfügungen des Testaments vor seinem inneren Auge machte sich Rechtsanwalt Utterson gedankenversunken auf den Heimweg. „Dieser Hyde muss seine ganz eigenen Geheimnisse haben, dunkle Geheimnisse, wie es scheint."

DOKTOR JEKYLL GIBT SICH ENTSPANNT

Zwei Wochen später hatte Doktor Jekyll, ein gutaussehender und gütiger Mann um die fünfzig Jahre, zu einem seiner geselligen Abendessen geladen, welche er für eine Handvoll alter Weggefährten zu geben pflegte. Mister Utterson hatte es so eingerichtet, dass er, nachdem die anderen bereits gegangen waren, noch geblieben war.

„Ich habe längst mit Euch sprechen wollen, Jekyll", begann er. „Es betrifft Euer Testament."

„Mein Testament? Sicherlich", erwiderte der Doktor ein wenig zu schroff.

„Nun", fuhr der Anwalt fort, „mir ist etwas über diesen jungen Hyde zu Ohren gekommen."

Mit einem Schlag wich alle Farbe aus Doktor Jekylls großem, schönem Antlitz und seine Augen begannen dunkel zu funkeln. „Ich wünsche darüber keine weitere Unterhaltung", sagte er.

„Was mir zu Ohren kam, ist verabscheuungswürdig", sagte Utterson.

„Ich kann mein Testament nicht ändern", gab der Doktor zurück, wobei er ein wenig die Haltung verlor. „Ich bin ernsthaft in einer sehr schwierigen Lage, Utterson; die Umstände ungewöhnlich – sehr ungewöhnlich. Seid versichert: Ich kann mich jederzeit Mister Hydes entledigen. Mein Wort darauf. Ich möchte, dass Ihr eine Sache versteht: Ich habe eine wirklich außergewöhnliche Verbindung mit Hyde. Ich weiß, dass Ihr ihm begegnet seid; er hat es mir berichtet; und ich befürchte, er hat sich unziemlich benommen. Dennoch, mein Verhältnis zu diesem jungen Mann ist ein besonderes, ein sehr besonderes. Wenn ich sterbe, Utterson, versprecht mir, ihm Beistand zu sein und ihm zu seinem Recht zu verhelfen."

„Ich werde ihn niemals wirklich mögen", entgegnete Utterson.

„Das fordere ich nicht von Euch", wandte Doktor Jekyll ein, indem er seine Hand auf dem Arm des anderen ruhen ließ. „Ich bitte um Gerechtigkeit für ihn; um meinetwillen, wenn ich nicht mehr bin."

DER MORDFALL CAREW

Beinahe ein Jahr darauf, im Oktober des Jahres 18–, wurde London durch ein Verbrechen von äußerster Brutalität in Aufregung versetzt, wozu auch die aufsehenerregende hohe gesellschaftliche Stellung des Opfers beitrug. Die wenigen bekannten Details waren erschreckend. Ein Dienstmädchen aus einem Hause nahe der Themse hatte gegen elf Uhr abends unter seinem Fenster das Aufeinandertreffen zweier Herren beobachtet: Der ältere Gentleman hatte, nach einer Verbeugung, den anderen in höflicher Manier angesprochen. In diesem hatte sie einen gewissen Mister Hyde erkannt, welcher ihrem Herrn verschiedentlich Besuche abgestattet hatte. Mister Hyde hatte einen schweren Gehstock bei sich getragen, mit dem er wie ein Wahnsinniger herumfuchtelte. Der ältere Gentleman war daraufhin ein paar Schritte zurückgewichen, woraufhin Mister Hyde den Herrn enthemmt unter einem Schauer von schrecklichsten Hieben niedergeprügelt und ihn tot in der Gasse liegen gelassen hatte. Dieser entsetzliche Anblick hatte das Mädchen ohnmächtig werden lassen. Um zwei Uhr war sie wieder zu sich gekommen und hatte die Polizei gerufen. Der Mörder war längst verschwunden, sein Opfer aber lag noch immer schrecklichst zugerichtet inmitten der Gasse. Der Gehstock, mit dem die Tat begangen worden war, war unter den grausamen Hieben entzweigebrochen; eine zersplitterte Hälfte war in die nahe Gosse gerollt – die andere hatte der Mörder zweifelsohne mitgenommen. An der Leiche fand man neben einer Brieftasche und einer goldenen Uhr nur einen versiegelten Brief, adressiert an Mister Utterson.

Dieser wurde dem Rechtsanwalt am nächsten Morgen überbracht, ehe er noch aufgestanden war; und kaum hatte er ihn begutachtet und war über die Umstände und die Aussage des Mädchens unterrichtet worden, begab er sich zur Polizeistation, wohin man die Leiche verbracht hatte.

„Ja", nickte er einem Polizeibeamten zu, „ich kenne ihn. Es handelt sich um Sir Danvers Carew."

Mister Utterson hatte bereits bei der Erwähnung des Namens Hyde ein großes Unbehagen verspürt, und als ihm nun noch der Gehstock vorgelegt wurde, konnte es keinen Zweifel mehr geben: zerbrochen, wie er war, erkannte Utterson den Gehstock als denjenigen wieder, den er selbst vor einigen Jahren Henry Jekyll zum Geschenk gemacht hatte.

Utterson sann nach; dann sagte er zu dem Polizisten: „Nehmen wir meine Kutsche …
Ich denke, ich kann uns zu Hydes Quartier führen."

Mittlerweile war es neun Uhr am Morgen und dichte rußbraune Nebelschwaden
begannen durch die Straßen zu wabern. Die Kutsche bewegte sich im Schnecken-
tempo durch die schmutzstarrenden Straßen des elenden Viertels Soho und hielt
vor der von Mister Hyde angegebenen Adresse in einer verwahrlosten Straße, in
der sich verlumpte Kinder neben Ginkneipen in Hauseingänge drückten. Hier also
hauste Edward Hyde, Freund Henry Jekylls und Erbe einer Viertelmillion Pfund
Sterling.

Eine alte Frau öffnete die Tür. Ja, Mister Hyde sei hier wohnhaft, sei aber nicht zu
Hause; nur kurz sei er gegen Morgen heimgekehrt, nach nicht einmal einer Stunde
jedoch wieder aufgebrochen. Nicht ungewöhnlich sei dies, Mister Hyde führe ein
sehr ungeregeltes Leben.

„Schön und gut", sagte Mister Utterson, „wir würden gerne seine Wohnung inspizieren. Darf ich meine Begleitung vorstellen: Das ist Inspektor Newcomen, Polizei
London."

Mister Hyde bewohnte in dem anderweitig bis auf die alte Dame unbewohnten
Hause nur zwei Stuben; diese aber waren geschmackvoll und ausgesprochen luxuriös
eingerichtet.

Die beiden Räume machten an diesem Morgen allerdings den desolaten Eindruck,
kürzlich und in größter Hast durchsucht worden zu sein. Kleidungsstücke mit umge-
kehrten Taschen lagen herum, alle Schubladen standen offen und im Kamin war ein
Haufen grauer Asche von verbrannten Papieren. Aus diesem zog der Inspektor den
unverbrannten Teil eines grünen Scheckbuches hervor; die andere Hälfte des Geh-
stocks fand sich hinter der Tür. (Eine Nachfrage bei der Bank ergab, dass der Mörder
über ein Guthaben von einigen Tausend Pfund verfügte.)

„Jetzt haben wir ihn, Sir", sagte der Inspektor zu Mister Utterson, „er muss den
Kopf verloren haben, niemals sonst hätte er den Gehstock hier zurückgelassen, ge-
schweige denn das Scheckbuch verbrannt. Nun, ohne Geld wird er nicht zurecht-
kommen. Wir brauchen nur in der Bank auf ihn zu warten. Ich lasse einen Steckbrief
erstellen!"

Letzteres erwies sich als schwerer als gedacht; denn über Mister Hyde war fast nichts bekannt. Angehörige konnten nicht ausfindig gemacht werden; es gab keine Fotografie, auf der er abgelichtet worden wäre; und diejenigen wenigen, die ihn zu beschreiben vermochten, wichen gehörig in ihren Beschreibungen voneinander ab. Nur in einem Punkte herrschte Übereinkunft, und das war dieser unheimliche Eindruck des Verwachsenseins, den der Flüchtige bei seinen Betrachtern hinterlassen hatte.

DAS BRIEFEREIGNIS

Am späten Nachmittag machte sich Mister Utterson zu Doktor Jekyll auf, wo ihn der Diener Poole empfing und ihn unverzüglich durch die Küche und über den Hof, der einmal ein Garten gewesen war, zu dem Hintergebäude geleitete, welches gemeinhin sowohl unter der Bezeichnung Laboratorium als auch Sezierhalle firmierte.

Der Doktor hatte das Haus von den Erben eines berühmten Chirurgen erstanden und es seinen Interessen, die eher chemischer als anatomischer Natur waren, entsprechend ausgestattet. Die Tische in seinem Inneren waren mit chemischen Gerätschaften beladen, der Boden übersät mit Holzkisten und Stroh, welches als Packmaterial gedient hatte.

Licht fiel gedämpft durch ein milchiges kuppelartiges Oberlicht. Am Ende des Saales führte eine Treppe zu einer Tür hinauf, die mit einem roten Vlies beschlagen war; und durch diese hindurch empfing Doktor Jekyll den Advokaten in seinem ordentlichen Arbeitszimmer, in dem ein Kaminfeuer brannte und das rundum mit Schränken, einem großen Schreibtisch sowie einem großen Drehspiegel ausgestattet war.

Doktor Jekyll sah wie vom Tode gezeichnet aus. Er erhob sich nicht, um seinen Besucher zu begrüßen, streckte ihm nur eine kalte Hand entgegen und hieß ihn mit gebrochener Stimme willkommen.

„Nun", sagte Mister Utterson, kaum, dass Poole sich zurückgezogen hatte, „habt Ihr die Neuigkeit vernommen?"

Den Doktor durchfuhr ein Schauer. „Die Zeitungsjungen auf dem Square. Ich konnte sie bis in mein Speisezimmer rufen hören."

„Nur eine Sache", sagte der Anwalt, „Carew war mein Mandant, gerade wie Ihr es seid. Das bringt mich in eine missliche Lage. Ihr seid hoffentlich nicht so wahnsinnig, den Mörder zu verbergen?"

„Nein", sagte der andere. „Hydes Schicksal ist mir gleich; mit ihm habe ich gänzlich abgeschlossen. Ich wundere mich, was bloß in mich gefahren ist, wie diese hassenswerte Angelegenheit zeigt. Es gibt da noch eine Sache, bei der ich Euren Rat erbitte. Ich habe – mir ist ein Brief zugekommen; ich zögere, ihn der Polizei zu übergeben. Ich überlasse ihn Euch, Utterson, Ihr werdet die richtige Entscheidung treffen; mein Vertrauen in Euch ist grenzenlos."

Der Brief, den Doktor Jekyll nun hervorholte, war in einer ungewöhnlich aufrecht stehenden Handschrift verfasst und mit *Edward Hyde* unterzeichnet: Knapp verlautbarte er, dass Doktor Jekyll, wohltätiger und schmählich unbedankt gebliebener Gönner des Verfassers, sich nicht beunruhigen möge ob seines, Hydes, Verbleibs, er habe Mittel und Möglichkeiten, sich den Fängen des Gesetzes zu entziehen.

„Habt Ihr noch das Kuvert?", fragte Utterson.

„Ich habe es unbedachterweise verbrannt", erwiderte Doktor Jekyll, „ich wusste nicht, wo mir der Kopf stand. Es trug jedoch keinen Poststempel. Der Brief wurde durch einen Kurier überbracht."

Bevor Mister Utterson sich auf den Heimweg machte, nahm er Poole beiseite, um ein paar wenige Worte mit ihm zu wechseln. „Ach übrigens, Poole", begann er, „heute Morgen wurde ein Brief zugestellt: Wie sah der Kurier aus?" Doch Poole versicherte ihm, dass auf diese Weise kein Brief abgegeben worden sei.

Ein böser Verdacht bemächtigte sich Uttersons aufs Neue. Ganz offensichtlich war der Brief an der Hintertür des Laboratoriums abgegeben worden; möglicherweise gar im Arbeitszimmer abgefasst worden; und sollte dem so sein, so wäre er in einem anderen Lichte und mit besonderer Vorsicht zu betrachten.

Nicht viel später saß Mister Utterson in Gesellschaft seines Sekretärs Mister Guest vor seinem Kamin. Draußen lag die Stadt noch immer im Nebelmeer versunken, das Feuer des Kamins aber strahlte Behaglichkeit aus. Sekretär Guest war ein Mann, vor dem Utterson so gut wie keine Geheimnisse hatte, und galt zudem als guter Kenner in der Beurteilung von Handschriften.

„Eure Einschätzung diesbezüglich hat großen Wert für mich", begann Utterson, „ich habe hier ein Dokument, von Hyde verfasst; im Vertrauen, ich weiß nicht so recht etwas damit anzufangen, eine üble Sache; hier – ganz nach Eurem Gusto – das Autograf eines Wahnsinnigen und eines Mörders."

Guests Augen begannen zu leuchten, mit Leidenschaft widmete er sich sogleich dem Schriftstück. „Nein, Sir", schloss er, „nicht das eines Wahnsinnigen, aber eine ungewöhnliche Handschrift."

„Eines äußerst ungewöhnlichen Verfassers zudem", fügte der Anwalt hinzu, als ein Bediensteter Uttersons mit einem Brief das Zimmer betrat.

„Von Doktor Jekyll, Sir?", erkundigte sich der Sekretär. „Ich glaubte, die Handschrift zu erkennen. Eine Privatangelegenheit, Mister Utterson?"

„Eine Einladung zum Abendessen. Warum? Möchtet Ihr sie sehen?"

„Nur kurz. Danke sehr, Sir", und sogleich verglich Sekretär Guest gewissenhaft die beiden Schreiben miteinander.

„Also, Sir", schlussfolgerte Guest nach einer Weile, „es ist da eine recht eigentümliche Ähnlichkeit zwischen diesen Handschriften festzustellen; sie sind im Grunde identisch; die eine ist nur etwas aufrecht stehender als die andere."

„Was!", durchfuhr es Utterson. „Henry Jekyll ein Fälscher! Eines Mörders wegen!" Ein eiskalter Schauer lief Utterson den Rücken hinunter.

BEMERKENSWERTES EREIGNIS
BEI DOKTOR LANYON

Wochen vergingen, Tausende von Pfund wurden als Belohnung für die Ergreifung des Flüchtigen ausgesetzt. Mister Hyde hingegen blieb verschwunden, ganz als hätte er niemals existiert.

Jetzt, da Hydes dunkle Einflüsse auf Doktor Jekyll aufgehört hatten, begann auch für diesen ein neues Leben. Er trat aus seiner Zurückgezogenheit heraus, erneuerte die Beziehungen zu seinen Freunden mit Einladungen und herzlicher Gastfreundschaft, besuchte regelmäßig den Gottesdienst, bewegte sich viel an der frischen Luft, tat Gutes; sein ehemals so blasses Gesicht nahm wieder Farbe an. Für zwei Monate befand sich der Doktor mit sich und der Welt im Frieden. In diesen zwei Monaten war Mister Utterson, ähnlich wie Lanyon, ein beinahe täglicher Besucher seines werten Freundes gewesen. Dann, als Doktor Jekylls Rückzug in die Einsamkeit der Seele erneut begann und Utterson täglich abgewiesen wurde, beschloss er, Doktor Lanyon aufzusuchen.

Mit Entsetzen wurde er des Wandels gewahr, dem auch Doktor Lanyon unterlegen war. Das einst kräftige und rosige Gesicht war aschfahl und knöchern geworden; mehr noch als diese Zeichen sichtbaren körperlichen Verfalls bemerkte er jedoch eine in den tiefsten Tiefen von Doktor Lanyons Seele kauernde Erschütterung, welche aus seinem Blick und seiner Haltung sprach.

„Ich habe einen Schock erlitten", sagte er, „mein Ende steht bevor. Es ist nur eine Frage von Wochen."

„Jekyll scheint ebenfalls erkrankt", merkte Utterson an. „Habt Ihr ihn gesehen?"

Lanyons Gesicht verzerrte sich und er hob zitternd seine Hand. „Weder wünsche ich über Doktor Jekyll zu sprechen noch über ihn zu hören", brach es mit bebender Stimme aus ihm hervor. „Diese Person und ich, wir sind geschiedene Leute. Wenn Ihr Euch setzen und über andere Dinge sprechen wollt, so bleibt um Himmels willen; bringt Ihr dieses verfluchte Thema erneut auf, dann, in Gottes Namen, geht, ich kann es nicht mehr ertragen."

Bald nachdem er heimgekehrt war, schrieb Utterson einen Brief an Jekyll, in welchem er sich beklagte, nicht eingelassen worden zu sein, und Aufklärung darüber erbat, was zu dem unseligen Bruch mit Lanyon geführt habe; am folgenden Tage erhielt er ein mit unverständlichen und düsteren Andeutungen durchzogenes Antwortschreiben. Der Bruch mit Lanyon sei irreversibel. „Unseren Freund trifft keine Schuld", schrieb Jekyll. „Von jetzt an werde ich ein Leben in äußerster Zurückgezogenheit führen. Über mir dräuen eine Strafe und eine Gefahr, die ich nicht beim Namen nennen darf."

Gut eine Woche später wurde Doktor Lanyon schwächer und verstarb einige Tage darauf. In der Nacht des Begräbnisses schloss sich Utterson im Lichte einer melancholischen Kerze in seiner Arbeitsstube ein und platzierte vor sich einen Umschlag, adressiert von der Hand und versehen mit dem Siegel seines verstorbenen Freundes: ,PERSÖNLICH: *für G. J. Utterson* ALLEIN *und im Falle seines vorzeitigen Ablebens ungeöffnet zu vernichten.*' Der Anwalt zögerte ob des zu erwartenden Inhaltes. „Ich habe heute einen Freund zu Grabe getragen", dachte er, „kostet mich dies vielleicht einen weiteren?" Er brach das Siegel und ein zweites versiegeltes und beschriebenes Kuvert kam zum Vorschein: *,Nicht vor Doktor Henry Jekylls Tode oder seinem Verschwinden zu öffnen.'* Utterson traute seinen Augen nicht; hier war es wieder, dieses Wort:

Verschwinden; ganz wie in diesem unsinnigen Testament des Doktor Jekyll; geschrieben allerdings von der Hand Lanyons. Was hatte dies zu bedeuten?

Von Neugier und schlimmen Ahnungen getrieben, begab sich Utterson in der Folge mehrfach zu Doktor Jekyll. Poole verwehrte ihm weiterhin den Einlass und wusste in der Tat stets nur unangenehme Neuigkeiten mitzuteilen; der Doktor verlasse sein Arbeitszimmer nun so gut wie gar nicht mehr, würde dortselbst sogar bisweilen nächtigen; er wirke tieftraurig und sei sehr schweigsam geworden, lese nicht mehr; etwas scheine ihn schwer zu bedrücken.

Utterson hatte sich so an die Gleichförmigkeit jener Nachrichten gewöhnt, dass zwischen seinen Besuchen bald immer größere Abstände lagen.

EREIGNIS AM FENSTER

Eines Sonntags ergab es sich, dass einer ihrer gewohnten Spaziergänge Mister Utterson und Mister Enfield wieder einmal in jene Nebenstraße führte; als sie die Tür passierten, unterbrachen sie ihren Spaziergang und hielten inne.

„Nun", sagte Enfield, „diese Episode ist glücklicherweise vorüber. Hyde ist Vergangenheit. Und im Übrigen", ergänzte er, „müsst Ihr mich für einen Esel gehalten haben, anzunehmen, ich hätte nicht erkannt, dass dies der Hintereingang zum Hause Doktor Jekylls ist!"

Sie betraten den Hof und betrachteten die Fenster. Der Hof, in dem sich ein verfrühtes Dämmerlicht ausgebreitet hatte, obwohl die Sonne den klaren Himmel hoch über ihren Köpfen noch beschien, lag kalt und feucht. Das mittlere der drei Fenster stand halb offen; und an demselben saß, mit einem Ausdruck unendlicher Traurigkeit, wie ihn nur auf ewig verdammte Gefangene zeigen, Doktor Jekyll.

„Jekyll!", entfuhr es Utterson. „Ich sehe, es geht Euch besser."

„Ich bin sehr geschwächt, Utterson", antwortete der Doktor düster, „sehr geschwächt. Es ist bald vorbei, Gott sei Dank."

„Na dann", entfuhr es dem Anwalt freundlich, „dann unterhalten wir uns eben von Hof zu Fenster."

„Das wollte ich soeben vorschlagen", entgegnete der Doktor lächelnd. Kaum jedoch hatte er diese Worte ausgesprochen, als sein Lächeln mit einem Schlag dem verzweifelten Ausdruck elendster Erschütterung wich, dass den beiden Herren unter dem Fenster das Blut in ihren Adern gefror. Einen kurzen Augenblick nur währte es, dann warf Jekyll das Fenster zu; dieser kurze Augenblick jedoch genügte und beide Männer wandten sich um und verließen schweigsam den Hof. Schweigsam ließen sie auch die Nebenstraße hinter sich, und erst als sie eine größere, trotz des Sonntags belebte Straße erreichten, blieb Mister Utterson stehen und drehte sich zu seinem Begleiter um. Beide waren blass; aus ihren Blicken sprach ungläubiges Entsetzen.

„Gott vergib uns, Gott vergib uns", flüsterte Mister Utterson.

DIE LETZTE NACHT

Als Mister Utterson eines Abends nach dem Essen am Kamin saß, wurde er von dem Besuch Pooles überrascht.

„Herrje, Poole, was führt Sie hierher?", fragte er und sagte dann, als er sich den Mann genauer angesehen hatte: „Was fehlt Ihnen denn, um Himmels willen?"

„Mister Utterson", stieß Poole hervor, „bei uns stimmt etwas nicht."

„Setzen Sie sich, Poole, hier, ein Glas Wein für Sie", sagte der Anwalt. „Und nun erzählen Sie der Reihe nach, in aller Ruhe."

„Sie kennen ja des Doktors Lebensweise, Sir", begann Poole, „und dass er sich häufig sehr zurückzieht. Nun, jetzt hat er sich in seinem Arbeitszimmer eingeschlossen, Sir; es beunruhigt mich sehr – etwas Ungeheures geschieht dort. Mister Utterson, Sir, ich fürchte mich." Nicht ein einziges Mal hatte Poole den Anwalt bisher angesehen. Er saß mit dem unberührten Weinglas in den Händen auf seinem Stuhl und starrte vor sich hin auf den Boden. „Ich glaube, ein Verbrechen ist geschehen", brachte er mühsam hervor.

„Ein Verbrechen!", entfuhr es Mister Utterson sichtlich erschrocken. „Was soll das heißen, Poole?"

„Ich wage nicht, es auszusprechen, Sir", lautete die Antwort, „würden Sie mit mir kommen und sich selbst überzeugen?"

Wortlos nahm Utterson Hut und Mantel und bemerkte hierbei erstaunt die immense Erleichterung, die sich im Gesicht des Butlers ausbreitete.

Es war eine stürmische und kalte Märzensnacht, der Vollmond hing blass und schief an einem Firmament, über welches der Wind die Wolken wie Gischt trieb. Der Sturm ohrfeigte die vereinzelten Passanten und machte es nahezu unmöglich zu sprechen. Auf dem Square bei Doktor Jekylls Haus wirbelte der Staub durch die Luft und die Zweige der dürren Bäume schlugen an das Eisengitter des Zaunes.

„Wir sind da, Sir. Gebe Gott, dass alles gut ist."

„Amen, Poole", erwiderte Utterson.

Verhalten klopfte der Diener an die Pforte, hinter der eine Kette beiseitegezogen wurde. Sie betraten die Eingangshalle, die hell erleuchtet war; ein mächtiges Feuer brannte im Kamin, um welches sich die gesamte Dienerschaft des Hauses zusammengedrängt hatte wie eine Herde Schafe. Niemand sprach ein Wort; nur ein Dienstmädchen begann heftig zu schluchzen. Dann ersuchte Poole Utterson, ihm über den Hof zum Hintergebäude zu folgen.

„Bitte, Sir", sagte er, „kein Geräusch. Sie sollen hören, aber nicht gehört werden."

Utterson folgte dem Butler in das Laboratorium und die alte Sezierhalle, in der Kisten und Flaschen wahllos verstreut umherlagen, bis an den Fuß der Treppe zum Arbeitszimmer. Hier bedeutete Poole Utterson, zu verharren und zu lauschen, während er selbst die Kerze abstellte und unter Aufbietung seiner ganzen Willenskraft seinen Mut zusammennahm, die Stufen hinaufstieg und mit unsicherer Hand an die Tür mit dem roten Vlies klopfte.

„Mister Utterson wünscht Sie zu sehen, Sir", rief er laut; zeitgleich gab er Utterson ein Zeichen, aufmerksam zu horchen.

Aus dem Inneren war eine klagende Stimme zu vernehmen: „Unmöglich. Sagen Sie ihm, dass ich niemanden sehen kann."

„Sehr wohl, Sir", sagte Poole; er nahm seine Kerze wieder auf und führte Mister Utterson in die alte Sezierhalle zurück.

„Sir", sagte er und blickte dem Anwalt in die Augen, „war das die Stimme meines Herrn?"

„Sie klang sehr verändert", gab der Anwalt zurück, totenbleich, aber Pooles Blick erwidernd.

„Nur ‚verändert'?", entfuhr es dem Butler. „Zwanzig Jahre stehe ich in Doktor Jekylls Diensten und sollte mich in seiner Stimme irren? Nein, Sir. In diesem Raum ist ein anderer! Die ganze vergangene Woche über hat er oder es oder was auch immer nun in diesem Zimmer haust, Tag und Nacht nach einem besonderen Medikament verlangt. Stets fand ich Anweisungen nur auf kleinen Zetteln; stets blieb mir die Tür verschlossen; stets bin ich vergebens von einem Apotheker zum anderen durch die Stadt geeilt, nie gelang es, das richtige Medikament zu beschaffen."

Poole suchte in seinen Taschen und übergab dem Anwalt ein zerknittertes Stück Papier, welches dieser im Schein der Kerze aufmerksam durchlas. Hierin ersuchte Doktor Jekyll einen Apotheker erneut um die Beschaffung einer großen Charge allerhöchsten Reinheitsgrades, alle vorherigen Proben des Präparats seien verunreinigt gewesen und daher ihrer beabsichtigten Wirkung beraubt. Kosten spielten keine Rolle, es bestünde allerhöchste Dringlichkeit. Am Ende des Briefes hatte der Autor eine flehende Notiz hinzugefügt: ‚In Gottes Namen, verschafft mir noch etwas von der alten Charge!'

„Ein wahrlich ungewöhnliches Schreiben, in Jekylls Handschrift zudem", brachte Mister Utterson hervor.

„Es gibt da noch etwas Ungewöhnliches, Sir", sagte Poole. „Vor ein paar Tagen betrat ich die Sezierhalle vom Garten aus. Die Tür zum Arbeitszimmer stand offen, und ich bemerkte ihn am anderen Ende der Halle, wie er in den Kisten umherwühlte. Als er mich sah, schrie er auf und hastete die Stufen hinauf in das Zimmer. Es dauerte nur einen Moment, dennoch durchlief es mich eiskalt. Sir, wenn das mein Herr war, warum trug er dann eine Maske?"

„Dies klingt alles sehr mysteriös", sagte Mister Utterson, „aber ich denke, ich kann ein bisschen Licht ins Dunkel bringen. Ihr Herr, Poole, ist ganz offensichtlich von einer dieser Krankheiten heimgesucht, die den Betroffenen nicht nur quälen, sondern auch entstellen; daher die Veränderung in seiner Stimme, daher die Maske und das Meiden seiner Freunde; daher das heftige Verlangen nach diesem Medikament, welches seiner verzweifelten Seele die Hoffnung auf Heilung erhält – gebe Gott, dass es gelingt! Das ist meine Erklärung."

„Sir", sagte der Butler und erbleichte, „diese Kreatur, das war nicht mein Herr. Mein Herr", und hierbei blickte er flüsternd um sich – „ist groß gewachsen, von ebenmäßiger Gestalt, dies aber war eher ein Gnom. Ich hege keinen Zweifel daran, dass eine abscheuliche Tat begangen wurde."

„Poole", erwiderte der Anwalt, „wenn das stimmt, dann sehe ich es als meine Pflicht an, mir gewaltsam Zutritt zu verschaffen."

„Es gibt hier eine Axt", sagte Poole, „und da liegt auch ein Schüreisen, das Sie nutzen mögen."

Der Anwalt wog das grobe und schwere Instrument in seiner Hand. „Sie wissen, Poole", sagte er aufblickend, „dass dieses Unterfangen nicht ohne Gefahr ist?"

„Das ist es wohl, Sir", erwiderte der Butler lakonisch.

„So wollen wir offen miteinander sein", sagte der andere. „Wir beide befürchten mehr, als wir ausgesprochen haben; wollen wir es uns also eingestehen. Diese maskierte Gestalt, kam sie Ihnen bekannt vor?"

„Nun, Sir, beschwören könnte ich es nicht", gab er zur Antwort, „sie hastete schnell vorbei und wandte sich dabei von mir ab. Aber wenn Sie mich fragen, ob es Mister Hyde gewesen ist – ja, davon bin ich überzeugt!"

„Gut, gut", sagte Utterson. „Ich befürchte das Gleiche. Aus dieser Verbindung konnte nur Böses hervorgehen. Ich stimme Ihnen zu, Poole, Henry Jekyll ist tot; und sein Mörder schleicht, Gott weiß warum, noch immer im Zimmer seines Opfers herum. Los jetzt, Poole, wir werden uns gewaltsam Zutritt verschaffen."

Eine Wolkendecke hatte sich mittlerweile vor den Mond geschoben, die Nacht war finster geworden. Die Stadt um sie herum grummelte getragen und entfernt, aber in ihrer unmittelbaren Nähe wurde die Stille nur durch das unablässige Schreiten der Schritte im Arbeitszimmer unterbrochen.

„So geht es den ganzen Tag, Sir", flüsterte Poole und fügte hinzu: „Und einmal habe ich es weinen gehört."

„Weinen?", sagte der Anwalt, den es augenblicklich fröstelte.

„Weinen", sagte der Diener, „wie ein Weib oder eine verlorene Seele."

Poole hatte inzwischen die Axt an sich genommen, Utterson hielt noch immer das schwere Schüreisen in den Händen; das Licht der Kerze wies ihnen den Weg zur Tür, hinter der die Schritte unermüdlich hin und her gingen, hin und her, in der Stille der Nacht. Sie hielten einen kurzen Moment den Atem an.

„Jekyll", rief Utterson mit lauter Stimme, „ich bestehe darauf, Euch zu sehen! Öffnet oder ich schlage die Tür ein!"

„Utterson", flehte die Stimme, „um Gottes willen, habt Erbarmen!"

„Allmächtiger, das ist nicht Jekylls Stimme – es ist Hydes!", entfuhr es Utterson. „Nieder mit der Tür, Poole!"

Mit Wucht schwang Poole die Axt; die Schläge ließen das Gebäude erbeben, die Tür mit dem roten Vlies brach aus Schloss und Angel und fiel zerschmettert nach innen auf den Teppich. Vor ihnen lag das ordentliche Arbeitszimmer in ruhigem Lampenschein, ein großes Feuer knisterte im Kamin. Man hätte in ganz London kein gemütlicheres Zimmer finden können. In der Mitte des Raumes lag zuckend der Körper eines Mannes in heftigsten Verkrampfungen. Sie traten vorsichtig heran, drehten ihn auf seinen Rücken und gewahrten das Gesicht Edward Hydes. Er trug Kleider, die ihm viel zu groß waren, Kleider, die Doktor Jekyll gepasst hätten; noch zuckten die Muskeln in seinem Gesicht, doch war alles Leben aus dem Körper gewichen; eine zerbrochene Glasampulle und ein stechender Geruch in der Luft verrieten Mister Utterson, dass er auf die Leiche eines Selbstmörders hinabblickte.

„Wir sind zu spät gekommen, Poole", sagte er ernst. „Über Hyde richtet bereits ein anderer; an uns ist es nun, die Leiche Doktor Jekylls zu finden."

Mister Utterson und Poole, der Butler, begannen, das Arbeitszimmer Doktor Jekylls aufmerksam zu inspizieren, wobei ihre Blicke von Zeit zu Zeit bang auf den toten Körper fielen. Auf einem der Tische fanden sich Spuren der Vorbereitung eines chemischen Experiments, vereinzelte Häufchen eines weißen Pulvers in Glasschälchen, eines Experiments, welches durch den unglücklichen Mann nicht mehr hatte durchgeführt werden können. Doch nirgends fand sich eine Spur Henry Jekylls.

„Das ist das Präparat, das ich ihm so oft zu besorgen hatte", sagte Poole.

Dann blieben sie vor dem großen Drehspiegel stehen und starrten mit unwillkürlichem Erschauern in dessen Tiefen.

„Dieser Spiegel hat seltsame Dinge gesehen, Sir", flüsterte Poole.

„Was hätte Jekyll mit ihm anfangen wollen?", entgegnete Utterson.

Sie wandten sich dem ordentlichen Schreibtisch zu, auf ihm zuoberst ein großer

Umschlag, von dem in großen Lettern der Name Utterson prangte. Der Anwalt öffnete ihn und einige Kuverts fielen zu Boden. Das erste enthielt das Testament Doktor Jekylls mit denselben merkwürdigen Anweisungen hinsichtlich des Ablebens oder Verschwindens seines Verfassers; allerdings war, zu seinem ungläubigen Erstaunen, Mister Uttersons Name an die Stelle Hydes gesetzt worden. Uttersons Blick wanderte zu Poole, dann zurück zu dem Dokument und schließlich zu dem toten Missetäter.

„Mir dreht sich der Kopf", sagte er. „Hyde war die ganze Zeit im Besitz dieses Schriftstücks; es muss ihn erbost haben, zu meinen Gunsten aus dem Testament gestrichen worden zu sein, und doch hat er es nicht vernichtet."

Utterson öffnete ein weiteres Kuvert. Es enthielt einen kurzen Brief aus Jekylls Hand.

„Warum lesen Sie den Brief nicht, Sir?", fragte Poole.

„Weil ich mich davor fürchte", antwortete der Anwalt ernst. „Ich bete zu Gott, dass es keinen Anlass dafür gibt." Mit diesen Worten entnahm er den Brief dem zweiten Kuvert und las:

‚MEIN LIEBER UTTERSON – *Wenn Ihr diesen Brief in den Händen haltet, bin ich verschwunden. Ich bitte Euch, lest zunächst den Brief, welchen Lanyon Euch hat zukommen lassen, wie ich weiß; wenn Euch dann noch daran liegt, mehr zu erfahren, dann lest das Geständnis Eures unwürdigen und unglücklichen Freundes* – HENRY JEKYLL.'

„Wo ist das dritte Kuvert?", fragte Utterson.

„Hier, Sir", sagte Poole und reichte dem Advokaten einen Umschlag beträchtlicher Dicke, der gleich an mehreren Stellen versiegelt war.

Sie verließen das Arbeitszimmer und verschlossen die Tür der Sezierhalle hinter sich; vorbei an der um das Feuer in der Eingangshalle gedrängten Dienerschaft ging Utterson schweren Schrittes heimwärts, um die beiden Schilderungen, welche Aufklärung über die mysteriösen Ereignisse versprachen, zu lesen.

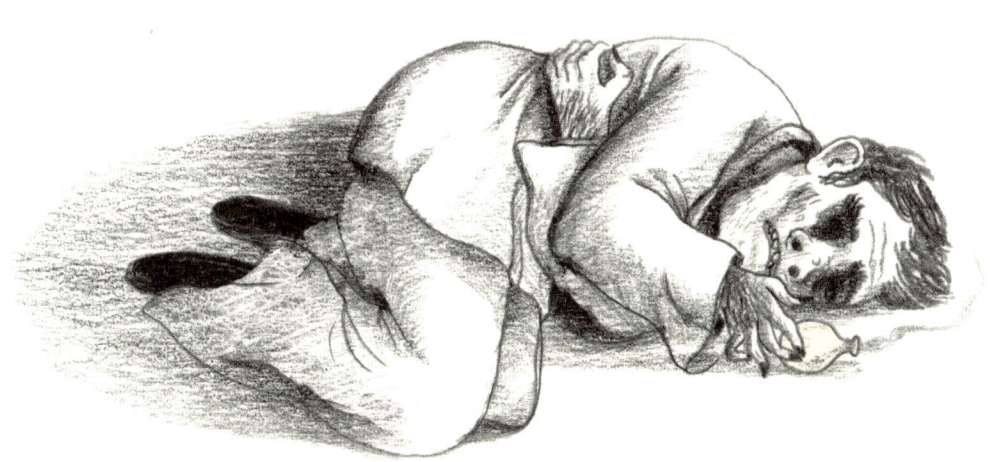

DOKTOR LANYONS BERICHT

Am 9. Januar, vor vier Tagen, erhielt ich mit der Abendzustellung einen eingeschriebenen Brief, auf dessen Kuvert ich die Handschrift meines Kollegen und alten Studienfreundes Henry Jekyll erkannte. Ich war etwas verwundert, denn wir pflegten nur eine äußerst spärliche Korrespondenz.

In größeres Erstaunen versetzte mich der Inhalt des Briefes. Er lautete:

10. Dezember 18–

LIEBER LANYON, *Ihr seid einer meiner ältesten Freunde; und wenngleich auch hin und wieder Uneinigkeit bestand in gewissen wissenschaftlichen Fragestellungen, so kann ich mich an keinen Vorfall erinnern, der unserer Freundschaft in irgendeiner Weise abträglich gewesen wäre. Lanyon, mein Leben, meine Ehre, mein geistiges Wohlergehen hängen von Eurer Hilfe ab. Solltet Ihr mir heute Nacht Eure Hilfe versagen, bin ich verloren. Ihr müsst alle anderen Verabredungen für den heutigen Abend verschieben und unverzüglich zu meinem Hause aufbrechen. Poole, mein Butler, wird Euch und einen Schlosser erwarten. Die Tür zu meinem Arbeitszimmer ist dann gewaltsam zu öffnen: Ihr geht allein hinein; öffnet den Glasschrank E linker Hand, notfalls mit Gewalt, und entnehmt ihm die vierte Schublade von oben samt Inhalt: Sie enthält einige Pulver, eine Phiole und ein Notizbuch. Dies ist der erste Dienst, um den ich Euch bitte. Nun der zweite: Ihr solltet weit vor Mitternacht zurück sein, wenn Ihr ohne Umschweife nach Erhalt dieses Briefes aufbrecht. Um Mitternacht bitte ich Euch, allein in Eurer Sprechstube zu warten und eigenhändig einen Mann einzulassen, der in meinem Namen vorstellig werden wird, und ihm jene Schublade auszuhändigen. Damit ist Euer Teil getan und Euch meine ewige Dankbarkeit sicher. Solltet Ihr auf einer Erklärung beharren, so werdet Ihr keine fünf Minuten später von der dringlichsten Notwendigkeit dieses Arrangements überzeugt sein. Unterlasst Ihr auch nur eine dieser Vorkehrungen, so fantastisch sie auch erscheinen müssen, so belastet Ihr Euer Gewissen mit meinem Untergang. Versagt mir Eure Hilfe nicht, mein lieber Lanyon, und rettet Euren Freund –* HENRY JEKYLL

Der Brief erweckte vollständig den Eindruck, mein Kollege habe seinen Verstand verloren; bevor ich dessen jedoch ganz sicher war, fühlte ich mich zur geforderten Hilfe verpflichtet. Ich begab mich umgehend zu Doktor Jekylls Haus, wo mich Poole bereits erwartete, der mit der Abendzustellung ebenfalls eingeschriebene Anweisungen erhalten hatte und sogleich nach einem Schlosser hatte schicken lassen, welcher zeitgleich mit mir eintraf. Der Glasschrank E war unverschlossen; ich nahm die besagte Schublade an mich und kehrte ohne Umschweife nach Cavendish Square zurück. Hier konnte ich einen genaueren Blick auf ihren Inhalt werfen. Das Pulver, ein kristallines weißliches Salz, war sorgfältig in verschiedene Dosen aufgeteilt. In der Phiole, der ich mich als Nächstes widmete, stand zur Hälfte eine blutrote Flüssigkeit, die einen stark stechenden Geruch verbreitete. Das Notizbuch enthielt wenig mehr als eine Reihe von Eintragungen, welche einen Zeitraum von mehreren Jahren umfassten und die, wie ich feststellte, vor ungefähr einem Jahr abrupt endeten. Einige wenige kurze Randbemerkungen begleiteten den einen oder anderen Eintrag, selten mehr als ein einziges Wort, vielleicht sechsmal unter Hunderten von Einträgen: ‚verdoppeln‘; und gleich zu Beginn der Aufzeichnungen, versehen mit mehreren Ausrufungszeichen, ein einziges Mal: ‚gänzlich wirkungslos!!!‘ Ich konnte mir auf all dies keinen Reim machen.

Die Schläge der Mitternacht waren kaum in den Straßen Londons verhallt, als ich ein leises Klopfen an der Haustür vernahm. Ich öffnete und bemerkte eine kleine Gestalt, die sich hinter eine der Säulen des Portikus duckte. Ich hatte den Mann nie zuvor gesehen; sogleich fiel mir der grauenhafte Ausdruck seines Gesichtes auf, seine auffallende Physis, die gleichermaßen kräftig wie verwachsen erschien, und – zu guter Letzt – ein durch seine bloße Anwesenheit ausgelöstes Unbehagen. Die Person war nach einer Fasson gekleidet, die jeden anderen zum Gespött der Leute gemacht hätte; ihre Kleider, obwohl von teurer und feiner Machart, waren in jeder Hinsicht viel zu groß. Alles an dieser Kreatur war scheußlich und unnatürlich.

Mein düsterer Besucher brannte vor Aufregung.

„Habt Ihr die Schublade?", rief er. „Habt Ihr die Schublade?" Von solcher Lebhaftigkeit war seine Ungeduld, dass er mich beim Arm packte und zu schütteln versuchte.

„Dort ist sie, Sir", sagte ich und wies auf die Stelle, wo ich sie, von einem Tuch bedeckt, neben dem Tisch auf den Boden gestellt hatte.

Er stürzte sich auf sie, hielt inne und legte eine Hand auf seine Brust, warf mir dann ein fürchterliches Lächeln zu und riss mit verzweifelter Entschlossenheit das Tuch beiseite. Ein heftiger Schluchzer der Erleichterung entfuhr seiner Kehle beim Anblick ihres Inhaltes, während ich wie versteinert danebensaß. Im nächsten Moment hatte er seine Stimme bereits wiedergefunden und fragte ruhig: „Habt Ihr einen Messbecher?"

Mit Mühe erhob ich mich von meinem Platz und gab ihm, was er verlangte. Er dankte mir mit einem lächelnden Nicken, ließ einige Tropfen der roten Tinktur in den Messbecher fallen und fügte eine Dosis des Pulvers hinzu. Die Mixtur behielt zunächst ihre rötliche Nuance, begann sich dann mit dem sich lösenden Pulver aufzuhellen, hörbar zu schäumen und zu dampfen. Dieses Gären stoppte alsbald schlagartig, und im gleichen Augenblick nahm die Mixtur eine tiefviolette Färbung an, die sich langsam in ein wässriges Grün verwandelte. Mein Besucher, der diese Metamorphose mit angespannter Aufmerksamkeit verfolgt hatte, lächelte, setzte den Messbecher auf dem Tisch ab, drehte sich zu mir um und sah mich prüfend an.

„Und nun, Lanyon", hob er an, „ich weiß, Ihr seid neugierig; und doch habt Ihr die Tugenden einer transzendentalen Medizin stets nur milde belächelt. Was Ihr nun sehen werdet, unterliegt Eurer ärztlichen Schweigepflicht, ein Wunder, das jedem Teufel den Unglauben austreiben würde. Seht!"

Er setzte den Messbecher an seine Lippen und leerte ihn mit einem Zug. Ein Schrei folgte; er taumelte, klammerte sich mit geweiteten Augen mühsam an den Tisch, den Mund weit aufgerissen. Und während ich ihn ansah, bemerkte ich an ihm eine Verwandlung – er schien anzuschwellen –, sein Antlitz wurde schwarz und seine Gesichtszüge verloren jegliche Form, zerflossen und zerschmolzen – im nächsten Moment war ich aufgesprungen, stolperte und presste mich gegen die Wand und hielt meinen Arm abwehrend vor meine Augen, mein Verstand versank in bodenlosem Entsetzen, denn vor mir stand – blass und mitgenommen und halb bewusstlos und herumtastend wie ein von den Toten Auferstandener –, vor mir stand mit einem Male: Henry Jekyll! Es übersteigt meine Kräfte niederzuschreiben, was er mir in der nächsten Stunde zu berichten versuchte. Was ich gesehen habe, habe ich gesehen. Das tödlichste Entsetzen nagt seitdem zu jeder Stunde an mir.

Die Kreatur, die in jener Nacht in mein Haus gekrochen kam, war der gesuchte Mörder von Mister Carew, Edward Hyde.

HASTIE LANYON

HENRY JEKYLLS UMFASSENDE SCHILDERUNG DES FALLS

Ich wurde im Jahre 18– geboren. Mein Vater vermachte mir ein beträchtliches Vermögen, mir stand eine ehrenvolle und distinguierte Zukunft bevor. Mein größter Fehler jedoch war, wenn man so will, ein gewisser ungeduldiger Hang zu Vergnügungen, welchen ich kaum, selbst unter größten Anstrengungen, mit dem mich regierenden Wunsch, in der Öffentlichkeit stets vollständig beherrscht auftreten zu wollen, in Einklang zu bringen vermochte. Meine vergnüglichen Ausschweifungen betrachtete und verschleierte ich mit einer fast krankhaften Scham. Meine höchsten Ansprüche an mich und mein Dasein als Arzt auf der einen Seite, meine ungehemmten niederen Neigungen auf der anderen – ein tiefer Graben, tiefer als in den meisten Menschen, trennte in mir jene Provinzen von Gut und Böse, aus denen die menschliche Natur besteht. Mit jedem Tage meines Daseins näherte ich mich einer Wahrheit, deren nur unvollständige Entdeckung mich letztlich dem fürchterlichen Untergang anheimgab: dass der Mensch nicht aus einem, sondern in Wirklichkeit aus zwei Wesen besteht.

Aus der von Vernunft ungehemmten Seite meiner Existenz heraus lernte ich die ganze primitive Dualität des Menschen erkennen; ich erkannte zwei Naturen in mir, die zwar in ständigem Kampfe miteinander rangen, sich aber deshalb nicht widersprachen, weil ich ganz und gar beide war. Könnte man, so hoffte ich, jede Natur in einer eigenen Identität beherbergen, so würde man das Leben jedweder Unerträglichkeit entkleiden. Das Böse würde, von edlen Ansprüchen und seinem hehren Zwilling Gewissen befreit, seinen Weg gehen können; und das Gute würde beständig und fest auf dem Pfad der es erfüllenden Tugend wandeln, ohne jemals den von dem Bösen verursachten Empfindungen der Schande und der Reue ausgesetzt zu sein.

Nach langem Forschen gelang es mir, eine Droge zu entwickeln, welche die vorherrschenden Kräfte der Vernunft und des Leibes von ihrem Thron stieß und durch eine andere Verkörperung ersetzte, welche, nicht weniger natürlich und ich selbst, alle Merkmale der niederen Elemente meiner Seele in sich trug.

Ich zögerte lange, ehe ich meine Theorie in die Praxis übertrug. Mir war bewusst, dass ich mit meinem Leben spielte; aber die Verlockungen einer so unvergleichbar tiefgründigen Entdeckung überwanden alle Bedenken.

Die Tinktur, der es dazu bedurfte, hatte ich bereits hergestellt; ich erwarb umgehend aus dem Bestand eines Apothekers eine große Menge eines bestimmten Pulvers, welches, so wusste ich aus meinen Experimenten, die noch fehlende Ingredienz darstellte. Eines Nachts – sie sei verflucht – führte ich die Zutaten zusammen, beobachtete, wie es gärte und dampfte, und stürzte, nachdem sich das Gebräu gesetzt hatte, den Trunk mit einiger Überwindung hinunter.

Mich durchströmte ein unbeschreibliches, neues Gefühl, das ich wegen seiner Neuheit nur unglaublich süß nennen kann. Mit dem ersten Atemzug dieses neuen Lebens erkannte ich mich sofort als boshafter, zehnmal boshafter als zuvor, ein williger Sklave meines reinen bösen Selbst; diese Erkenntnis betörte mich wie Wein.

Die böse Seite meiner Natur war weniger robust und entwickelt als die gute, die ich soeben abgeworfen hatte. In meinem Leben, welches größtenteils ein arbeitsames, tugendhaftes und selbstbeherrschtes Leben gewesen ist, war sie kaum zur Geltung gekommen. Hierdurch erklärt sich, wie ich vermute, die so viel kleinere, schlankere und jüngere Gestalt Edward Hydes im Verhältnis zu der Henry Jekylls. Wie das Gute gleichmäßig aus den Zügen des einen sprach, so war das Böse überdeutlich in das Gesicht des anderen gemeißelt. Das Böse hatte in Hydes Körper zudem den Abdruck der Abartigkeit und der Fäule hinterlassen. Und doch empfand ich beim Anblick dieser hässlichen Götze im Spiegel keine Abscheu, sondern eher ein wohliges Annehmen.

Auch dies war schließlich ich. Wie könnte es auch anders sein, denn der Mensch, wie er uns begegnet, ist aus Gut und Böse zusammengesetzt: Und Edward Hyde, einzig in der Reihen der Menschheit, war das reine Böse.

Die Droge hatte keine moralische Komponente; weder war sie teuflisch noch göttlich; sie befreite mich lediglich aus der Enge meines Charakters. Ich besaß nun zwei Wesensarten und auch zwei Gestalten, die eine umfänglich böse, die andere der alte Henry Jekyll.

Ich mietete und möblierte das Haus in Soho, zu welchem die Polizei Hydes Spur verfolgen konnte, und stellte eine Haushälterin an, die mir als verschwiegen und skrupellos bekannt war. In meinem eigenen Hause wies ich meine Dienerschaft an, einem gewissen Mister Hyde uneingeschränkt alle Freiheiten zu gewähren; um ganz sicher zu gehen, zeigte ich mich ihnen das eine oder andere Mal in meiner zweiten Gestalt. Dann setzte ich das Testament auf, welches Euch so mit Sorge erfüllt hat. Die Vergnügungen, in die ich mich nun ungeduldig in meiner zweiten Gestalt stürzte, waren niederträchtig. Welch entwürdigende Schandtaten ich im Einzelnen beging, verbietet mir die Scham darzulegen.

Knapp zwei Monate vor dem Mord an Sir Danvers Carew, ich war zu später Stunde von einem meiner nächtlichen Abenteuer in Gestalt Edward Hydes zurückgekehrt und als Henry Jekyll zu Bett gegangen, erwachte ich am nächsten Morgen mit einem eigentümlichen Gefühl.

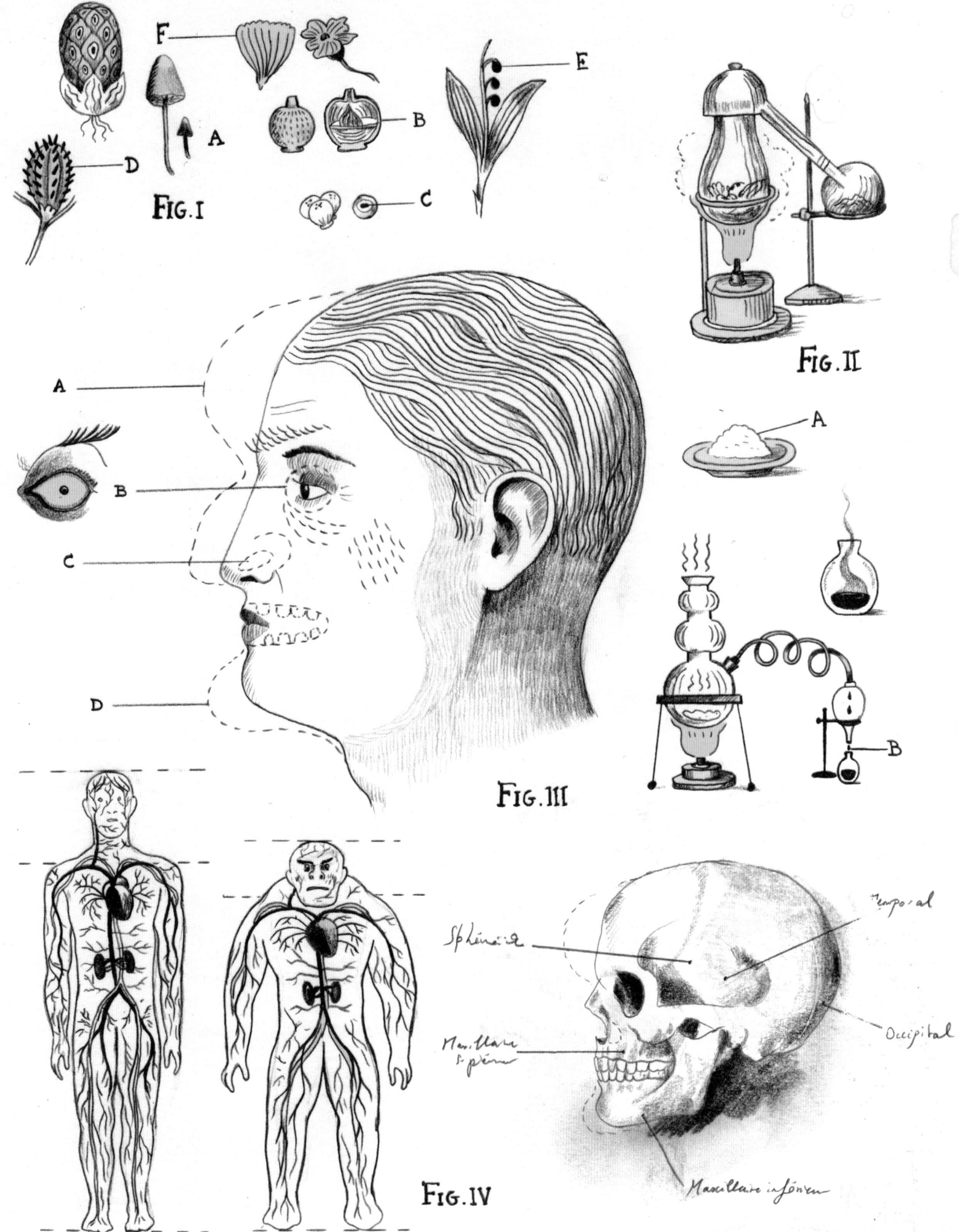

FIG.I

F

A

D

B

C

E

FIG.II

A

B

FIG.III

A

B

C

D

FIG.IV

Sphénoïde

Temporal

Occipital

Maxillaire supérieur

Maxillaire inférieur

Im fahlen Licht des Londoner Morgens fiel mein Blick auf meine Hand, welche auf der Bettdecke ruhte; sie war mager, knöchern, von bräunlicher Blässe und mit dichtem Haarwuchs bestanden.

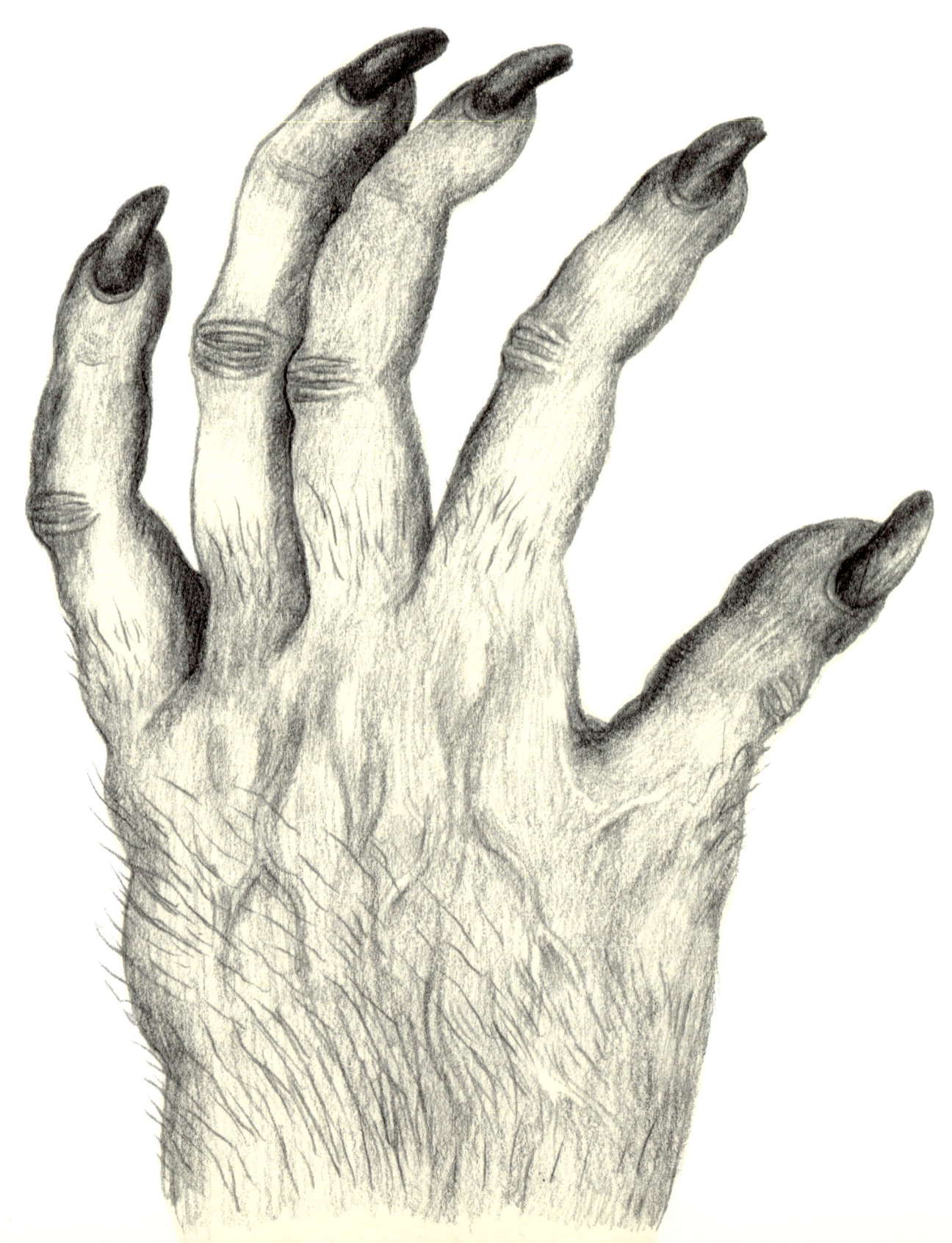

Es war die Hand Edward Hydes. Ich sprang aus dem Bett und stürzte vor den Spiegel. Das Blut gefror in meinen Adern, als ich hineinblickte. Ja, als Henry Jekyll war ich zu Bett gegangen, als Edward Hyde erwacht.

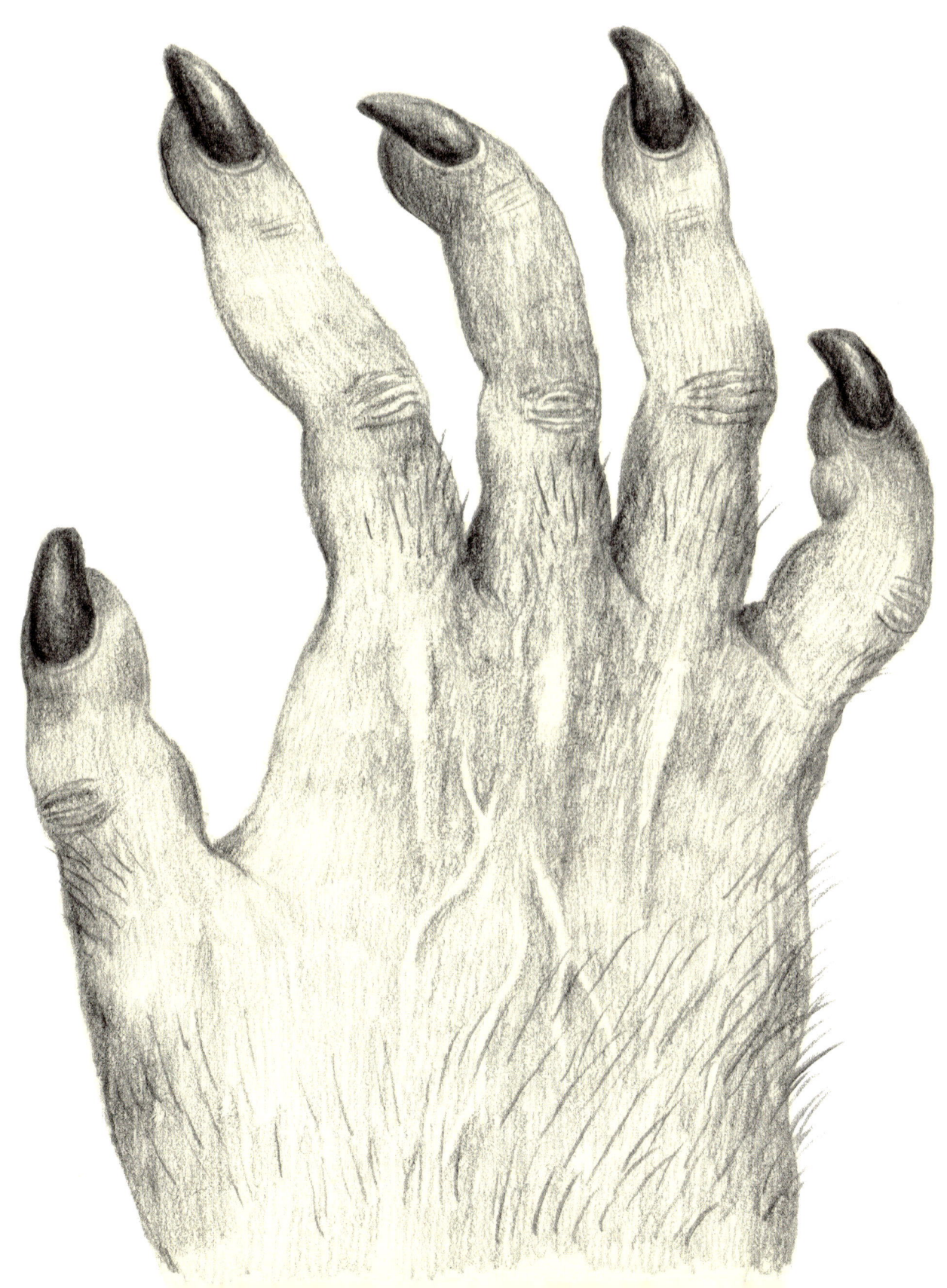

Dieser unerklärliche Vorfall, diese Umkehrung meiner bisherigen Erfahrung, erschien mir wie die Babylonische Schrift an der Wand, die mir Buchstabe für Buchstabe mein Urteil zu verkünden schien; ich fand mich mehr denn je mit den Unwägbarkeiten meiner Doppelexistenz konfrontiert. Hatte nämlich anfänglich die Schwierigkeit darin gelegen, den Körper Jekylls abzuwerfen, so war es nun zunehmend genau umgekehrt. Alles deutete darauf hin: dass ich schleichend mein eigentliches und besseres Selbst zu verlieren und mich dauerhaft in mein zweites und schlimmeres zu verwandeln drohte.

Mir war klar, dass ich mich für das eine oder das andere entscheiden müsste.

Ich traf die Entscheidung zugunsten des älteren und bisweilen missvergnügten Doktors und trennte mich entschlossen von der Freiheit, der vergleichsweisen Jugendlichkeit, dem leichten Gang, der Hemmungslosigkeit und den heimlichen Vergnügen, welche ich in Gestalt Edward Hydes genossen hatte. Vielleicht traf ich diese Entscheidung mit einem gewissen unbewussten Widerstreben, denn ich gab weder das Haus in Soho auf, noch vernichtete ich die Kleider Edward Hydes, die ich weiter in meinem Arbeitszimmer verwahrte. Zwei Monate gelang es mir, meinem Vorsatz treu zu bleiben, zwei Monate führte ich wie niemals zuvor ein Leben nüchterner Strenge. Doch dann, in einer Stunde der Schwäche, griff ich erneut zu der Mixtur der Verwandlung und trank.

Aus langer Kerkerhaft brach mein Dämon ruchloser denn je hervor. Schon während ich das Elixier zu mir nahm, fühlte ich eine zügellosere und wildere Neigung zum Bösen. Sie mag der Grund gewesen sein, welcher jenen Sturm der Ungeduld in meiner Seele entfachte, während ich den Höflichkeiten meines unglückseligen Opfers lauschte. Gott sei mein Zeuge, kein vernünftiger Mensch hätte jemals eine solche Tat aus einer derart minderen Provokation ableiten können; ich schlug in rasender Unvernunft auf den wehrlosen Sir Carew ein wie ein zorniges Kind, das sein Spielzeug zerbricht. Erst auf dem Höhepunkt meines rasenden Deliriums, als lustlose Erschöpfung einsetzte,

erfasste ein kalter Schreckensschauer mein Herz, und ich erkannte mein in sich zusammenstürzendes Leben und floh den Ort dieser Maßlosigkeit, gleichermaßen erregt wie erschüttert. Ich eilte zu meiner Wohnung in Soho und vernichtete alle Papiere, die auf Hyde hindeuteten. Edward Hyde war fortan undenkbar; ob ich wollte oder nicht, die Zukunft gehörte gezwungenermaßen der besseren Seite meiner Existenz, gehörte den natürlichen Grenzen des Daseins!

Alle Dinge enden irgendwann; irgendwann ist jedes Maß voll; es war eben dieser Reigen mit dem Bösen, der das Gleichgewicht meiner Seele zerstörte.

Es war an einem milden und klaren Tag im Januar, Regent's Park war erfüllt von winterlichem Gezwitscher und frühlingshaften Gerüchen. Ich saß auf einer Bank, als das Biest in mir an den Fleischbrocken seiner Erinnerung zu lecken begann.

Ein Schwindel überkam mich, eine fürchterliche Übelkeit und der giftigste aller Schauer durchfuhren mich. Ich sah an mir herab; meine Kleider schlotterten um meine geschrumpfte Gestalt, und die Hand, die auf meinem Knie ruhte, war knöchern und behaart. Ich war erneut Edward Hyde geworden. Sekunden zuvor noch galt mir die Achtung aller Menschen, ich war wohlhabend und angesehen – und nun ein vogelfreies Wesen, gejagt, ohne Obdach, ein gesuchter Mörder, ein Knecht des Galgens.

Mein Verstand geriet ins Schwanken, aber er verließ mich nicht. In Verwandlung konnte ich mehr als einmal feststellen, dass meine geistigen Fähigkeiten schärfer und meine gespannten Sinne elastischer hervortraten; so verhielt es sich, dass, wo Jekyll möglicherweise unterlegen wäre, Hyde Herr der Lage blieb. Die Ingredienzien für die Mixtur lagen in einer Schublade in meinem Arbeitszimmer verwahrt; wie konnte ich an sie gelangen? Ich musste dieses Problem lösen, zermarterte mir den Kopf. Ich hatte die Tür, die aus der Nebenstraße in das Laboratorium führte, zugesperrt und den Schlüssel zerstört. Versuchte ich den Zugang über das Haus, würde mich meine eigene Dienerschaft dem Henker überantworten. Ein anderer musste also behilflich sein und mir fiel Lanyon ein. Wie nur sollte ich ihn erreichen? Wie nur überzeugen?

Ein Teil meines ursprünglichen Wesens war mir verblieben, wie ich herausgefunden hatte; ich konnte in meiner Handschrift schreiben.

Hyde in Todesangst zu erleben war mir bisher unbekannt; zitternd vor unbeherrschter Wut, gereizt bis aufs Blut, lüstern nach Gewalt. Und doch war diese Kreatur, dieser Hyde, scharfsinnig; er meisterte seine Raserei mit unbändiger Willenskraft und schrieb – ich sage ‚er‘, ich kann nicht ‚ich‘ sagen – schrieb seine zwei wichtigen Briefe, einen an Lanyon, den anderen an Poole. Und um sicherzugehen, dass sie auch wirklich zugestellt würden, ließ er sie von der verschwiegenen Haushälterin des Hauses in Soho als Einschreiben aufgeben.

Ob mich das Entsetzen Lanyons tröstete, als ich mich dann vor den Augen des alten Freundes in meine eigene Gestalt zurückverwandelte: Ich kann es nicht sagen; ich hasste und fürchtete den Gedanken daran, dass dieser Unhold Hyde weiterhin in mir schlummerte.

Ich schlenderte ein paar Tage später nach dem Frühstück über den Hof, als ich abermals von jenen unfassbaren Empfindungen, die der Verwandlung vorausgingen, heimgesucht wurde; ich konnte mich gerade noch in mein Arbeitszimmer flüchten, bevor die krampfhaften Launen Hydes in mir erneut zu wüten begannen. Eine doppelte Dosis der Droge war dieses Mal zur Rückverwandlung nötig; und nur sechs Stunden darauf, ich saß niedergeschlagen am Kamin, kehrten die Vorzeichen der Verwandlung abermals zurück und verlangten erneut nach dem Elixier. Von jenem Tage an gelang es mir nur noch unter den größten körperlichen Anstrengungen und der sofortigen Einnahme der Mixtur, überhaupt die Gestalt des Jekyll zu behaupten. Zu jeder Tages- und Nachtzeit quälten mich nun die vorwarnenden Schauder; schlimmer aber wog, sollte ich einmal eingeschlafen sein oder auch nur für einen Moment im Lehnstuhl ermattet die Augen geschlossen haben – ich wachte in Gestalt Hydes wieder auf.

Meine eigene Person war zu einem Wesen verkommen, welches von einem inneren Fieber zersetzt und aufgelöst wurde, an Körper und Geist geschwächt und nur von einem Gedanken beseelt: der entsetzlichen Angst vor dem anderen Selbst.

Hydes Kräfte schienen mit dem Schwächerwerden Jekylls stärker geworden zu sein. Der Hass, welcher sie nun trennte, war auf beiden Seiten gleichermaßen stark. Bei Jekyll war es sein Selbsterhaltungstrieb. Er hatte jetzt das ganze Ausmaß der Verdorbenheit dieser Kreatur erkannt, die mit ihm Bereiche seines Bewusstseins teilte, und war ihr auf Gedeih und Verderb bis in den Tod verbunden. Bei Hyde war der Hass anders begründet. Seine Todesangst vor dem Galgen zwang ihn immer wieder in den vorübergehenden Selbstmord, zwang ihn auf seinen untergeordneten Platz zurück, wo er nur Teil einer und nicht ganze Person war; er verabscheute diese Notwendigkeit, verabscheute die Verzagtheit, in die Jekyll verfallen war, und hegte einen Groll gegen die Ablehnung, mit der jener ihn strafte.

Es ist wahr, Hydes Liebe zum Leben ist wunderbar: Mich, den der bloße Gedanke an ihn lähmt und der ich um seine Angst, mir ausgeliefert zu sein, weiß, sollte ich meinem Leben freiwillig ein Ende setzen wollen – ich habe Mitleid mit ihm.

Es ist nutzlos, und es bleibt keine Zeit, diesen Bericht zu verlängern; niemals litt jemand vergleichbare Qualen, zumal jetzt ein letztes Unglück über mich gekommen ist, das mich für alle Zeiten von meiner Erscheinung und meiner ursprünglichen Natur trennen wird. Mein Vorrat an Pulver, den ich seit dem allererstem Experiment nicht aufgestockt hatte, geht zur Neige. Ich schickte nach Nachschub, mischte die Bestandteile, die Gärung setzte ein, auch der erste Wechsel der Farbe, nicht jedoch der zweite;

ich trank die Mixtur dennoch, sie zeigte keinerlei Wirkung. Ihr werdet von Poole erfahren, wie ich London nach dem richtigen Pulver habe durchsuchen lassen, vergebens; ich bin jetzt davon überzeugt, dass meine erste Charge des Pulvers eine unbemerkte Verunreinigung enthielt, auf der die Wirksamkeit meiner Mixtur beruhte.

Eine Woche ist seitdem vergangen und ich schreibe dies unter dem Einfluss der letzten Dosis des alten Pulvers. Dies also ist das letzte Mal, so nicht noch ein Wunder geschieht, dass Henry Jekyll seine eigenen Gedanken zu denken oder sein eigenes Gesicht im Spiegel zu betrachten vermag. Ich darf nicht zögern, diesen Brief zu enden; denn sollte das Erzählte bis hierher der Vernichtung entkommen sein, so nur durch ein Zusammenspiel von großer Umsicht und großem Glück. Sollten mich die Anzeichen der Verwandlung im Prozess des Schreibens anfallen, Hyde würde es in Fetzen reißen; gelingt es mir rechtzeitig, es zu beenden und zu verwahren, werden seine wunderbare Selbstsucht und Hingabe an den Moment es vor den Taten und Folgen seines animalischen Grolls schützen. In der Tat hat der drohende Untergang, der sich uns beiden nähert, auch ihn bereits verändert und gebrochen.

In einer halben Stunde werde ich ein letztes Mal, und dann für immer, die verhasste Gestalt annehmen.

Wird Hyde am Galgen enden? Oder wird er im letzten Augenblick den Mut finden, sich selbst zu erlösen? Gott allein weiß es – es kümmert mich nicht mehr. Dies ist die wahre Stunde meines Todes. Und was folgt: Es betrifft mich nicht mehr.

Ich lege nun die Feder aus der Hand, versiegele diese meine Beichte und bringe damit das Leben des unglücklichen Henry Jekyll an sein Ende.